마음 한 조각을 찾다 II

살며... 사랑하며... 깨우치며...

마음 한 조각을 찾다 Ⅱ

글·그림 | 太空 현 정

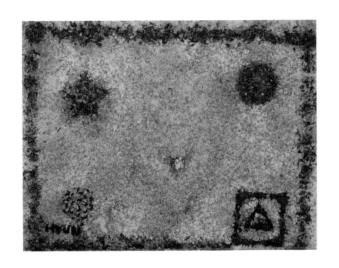

집에서 자란 화초들이
떨어뜨린 꽃잎들을 오랫동안 모아
캔버스 위에 뿌리다

한누리미디어

| 책머리에 |

팔십에

한 번 더

마음 한 조각을 찾아 나서다

2022. 10. 28.

현 정

Jung Ayun

추천의 글

1956년 봄.

경기중학 교복에 백선 두른 모자.

유난히 머리가 큰 1학년 꼬마들이 충신동에서 화동 언덕까지 한 시간 남짓한 등굣길에 오른다.

이 책의 저자이자 화가 겸 시인인 현정이를 학창시절 등굣길 친구로 사귀기 시작했다. 하굣길에 槙이의 충신동 집에 들러 놀다가 혜화동 집까지, 늦으면 저녁까지 먹곤 했기 때문에 아직도 그 옛집에 가면 돌층계길, 골목, 한옥 구조, 槙이의 방, 그 방에서 뒤쪽으로 난 창까지 다 눈앞에 그려 볼 수 있다.

이때부터 槙이는 모범적이랄까, 엄숙을 떠는 성향이 강했다. 동생들이 많아서 부모님들께서 원하시는 대로 솔선수범을 하려니 그럴 수밖에 없었으리라. 또한 룸비니 학생회의 조직자 겸 종법사인 털보 아저씨의 눈에 띌 정도로 믿음에 대한 갈구나 성향이 짙었고, 스코필드 박사 사택(역시 등하교 길목이다)에서 성경 공부까지 영어로 했을 정도니, 어린 나이에 전생에 닦던 티를 좀 많이 내비친 것이라 여겨진다. 고등학교 2학년 때는 한 번 짝을 했었고, 대학 입시를 앞두고 한 달쯤은 함께 공부한 기억도 있다.

내가 동숭동의 문리대를 4년 다니면서 심심하면 충신동 行이었기에 일일이 다 생각해 낼 수는 없지만, 人生을 논한답시며 막걸리, 소주를 너무 많이 마셔 담요에 토하기까지 한 어느 연말의 사건은, 槙이가 최근 다시 입력시켜 놓았기 때문에 부끄러운 추억으로 남아 있다.

그때부터 槙이는 동생들 걱정을 많이 했다. 아버님께서 '나 혼자는 힘드니 네

가 도와주어야겠다' 고 부탁이나 하신 것같이, 형이나 오빠라기보단 막내삼촌
정도로 아버지 대신 동생들을 보살피는 데 시간도 많이 할애했었다.
토목과 재학중 입대하여 삽자루 잡는 공병으로 고생깨나 하다가 후에 카투사
로 전출되었고, 어떤 계기로 성경을 놓게 된다. 그가 휴가 나오면 들르는 곳은
역시 혜화동 내 방이 최우선이었고, 엄숙을 떨던 그는 군에 가서도 술을 입에
대지 않았다.

1972년 귀국해 보니, 槇이 역시 장가가서 아들딸 낳고 잘 사는 시청공무원이
었다. 전공을 살려 환경, 즉 하수정화 설비 쪽의 일을 맡고 있는, 장래 유망한
수입 좋은 자리의 엘리트 공무원, 이 자리 때문에 청탁도 많이 받았고, 정결
한 그의 인품에 반한 여러 중신아비들 중 槇이 존경할 만한 분이 있어 그
분의 동생과 백년해로를 시작했다고 한다. 그 동생은 부친과 여러 오빠가 전
부 술을 잘 하셔서 과일주 담는 비법까지 전수받아서 시집을 왔는데, 막상 와
보니, 남편은 술 한 잔 안 하는 사람이라 처음엔 이상하기까지 했다는 이야기
가 있다.

WHO 기금 등으로 네덜란드, 일본 등지의 하수처리 시설을 보고 공부를 하여
시에서는 아끼는 공무원이었는데, 몇 년 안 되어 아버님의 사업을 대신 떠맡
지 않을 수 없게 되었다. 경영 부실. 전부터 쌓여온 비합리적 요인으로 부채가
급증하자, 아드님을 불러 상의하시며 부탁하셨던 것 같다.
그 시절 槇이 하던 말이 기억난다.
"공무원 월급으로는 한 가정 살림하기도 벅찬데, 어차피 다섯 집 살림을 해야

하니, 난 아무래도 장사를 해야 할까 봐…."

그 후 동대문시장의 '고려가방'은 견실한 업체로 돌아섰고, 자신의 출셋길에 연연하지 않은 그의 희생에 보답하듯 가계 걱정은 하지 않을 정도의 결실을 보았으리라 믿는다.

그동안 나 역시 잠시 한글 자판 통일을 위해 타자기를 만들어 보았고, 아버님 돌아가신 후 출판 일을 하면서 우리는 위치가 가까워져 자주 만나게 되었다.

그는 단전호흡에 심취해 있었고, 유체이탈을 경험한 상태였다. 나는 槇이와 함께 이야기만 나누어도 마음이 가라앉고 기획한 일도 잘 된다는 핑계로, 마이아미 다방(고려가방에서 제일 가까운 다방)엘 자주 갔었다. 준무당쯤 싶은 연상의 다방 마담은, 槇이와는 일진이나 길흉화복에 큰 영향이 올 때 미리 경고할 정도로 서로 파악을 하고 있는 듯했다.

역시 佛心이 깊어서 주치의가 암 진단, 치료 끝에 3달 정도 버티실 테니 퇴원하시도록 조처한 아버님을, 염원과 기도로 7년 더 버티실 수 있게 한 槇이임을 아는 바라, 다방 마담의 꿈 이야기와 槇이가 스님들과 나눈 이야기 및 그 뒷수습은 정말 한 권의 소설처럼 재미있고 교훈적이다.

《성자가 된 청소부》란 책처럼 '동대문시장의 생불'이란 제목으로, 언젠가 槇이가 허락할 때 글로 써보고 싶다.

그가 어느 날 학교로 날 찾아와 '앞으로 무얼 할까 구상중인데, 잠시 쉬고 싶다'고 했고, 그의 사업체는 문을 닫고 말았다.

그의 표현을 빌리면, "이제는 이 인연이 다해서…"라는 한 마디로 주위의 아쉬워하는 권고를 일축했다고 한다.

"당나귀 등에서 내려와 봉황을 올라타고, 비행기를 타고 싶으면 버스에서 내려야지."

난 아직 말만 하고 있고, 槙이는 실천에 옮겼다. 그리하여 그의 예술가적 소양과 佛心이 合一된 작품세계는 그가 늘 다루던 가죽 위에 그림이 되어 色이 되고, 보이지 않는 空과 모든 것의 바탕이 되는 實相을 나타내고 있는 것이다.

언젠가 초전도 이론에 관한 나의 책을 보내며 존칭어를 썼더니 '過恭은 非禮'라는 내용의 이야길 짧게, 그리고 쉽게 표정으로 대신한 진실한 벗에게, 한 마디 남겨 전시회와 출판을 축하하고자 한다.

돌아가는 길에 화폭 앞에서 쉬어가시나?
노자 대신 참된 공부와 선행에
아름다운 마음까지 마련하신 걸 경하하네.

1996. 2.

최 동 식 (고려대학교 화학과 교수)

* 먼저 간 벗 최동식 교수가
  1996년 3월에 출간한《마음 한 조각을 찾다》에 써준
  '추천의 글'을 한 번 더 올린다.

- 책머리에 _ 5
- 추천의글 _ 6

살며

사랑하며

깨우치며

부록을 달다

살며

산다는 것은

이 세상에

내가
존재한다는 것이다

아주 먼 기억

엄마
젖을 물고

버스가
물 위를 가고 있다.

아버지께 여쭙다.

이런
일이 있었는가?

아주 어린
내 나이 세 살 때

동네에
홍수가 나서

버스가
물 위로 가던 때가 있었노라고.

이게
가능한 일일까?

어?
내가…!

순간瞬間
마음 일어…

한 때 Mac 작업하다

게 서리

방산시장
생선가게 몰려 있는 가게에

나무통 속에
기어오르단 미끄러져 떨어지곤 하는

내가
노리는 게들이 바글거렸다.

짝꿍에게
주인장 가려 서 있으라 하고

나는
한 마리 냉큼 쥐고 냅다 뛰었다.

그때
콩닥거리던

심장소리가
지금도 들리는 듯하다.

청계천
물가에 게 풀어 놓고

시간
가는 줄 모르던 시절이 있었지.

동심의
놀이터도
시절인연에 따라 변하네

92.5cm×73cm 캔버스에 아크릴

연 날리기

내가
만든 방패연에

사기를
곱게 빻아

푸대 자루
실에 메겨 연줄을 만든

내
방패연은 무적이었다.

새까맣게
뜬 내 연을 보면

끊어내고 싶은
유혹들을 참기 어려워 했다.

갖다 대면
그 연은 그날이 제삿날이었지.

그러던
어느 날 드디어 내 연이 끊기다.

청계천에서
왕십리까지 끊긴 연을 쫓아가며

억울하고 분해서
내 얼굴은 눈물범벅이 되었다.

어린 나이에

언젠가는
나를 이길 수 있는 놈이

나온다는 걸
내 어찌 알았겠는가?

하늘에
떳떳하면
정말로
즐겁고
아름다운 일이다.

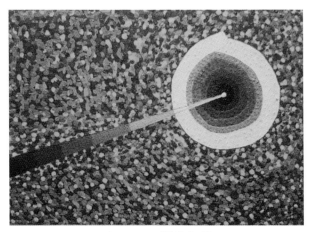

54cm×30cm 가죽에 아크릴

꿀꿀이죽

육이오 사변 직후
방산국민학교 다닐 때

시장통을
뚫고 지나올 때면

큰 가마솥에서
펄펄 끓는 꿀꿀이죽

냄새가
구수하고

침이
꼴깍 넘어가곤 했다.

미군부대에서
먹다 남은 찌꺼기지만

그 앞을
그냥 지나치기는 쉽지 않았다.

먹다 보면
이쑤시개도 나온다고 쑤군대며….

먹는다는 것
만큼
귀하고 험한 일이 있을까?

33cm×24.5cm 캔버스에 아크릴 1993. 9

은행나무

어릴 적,

은행나무
앞에 서면 나는 아주 조그마해졌다.

노오란 은행알을 따고파
팔매질을 하면 중간도 채 못가 힘을 놓친다.

동네 형들이 쌩~하니
높이
아주 높이 던지면
그렇게 던지고파 글썽이곤 했다.

머리 좀
큰 후 다시 가 보니
어느새
아주 작아져 버린 은행나무

그때의 서운함이란…

우린 이렇게 큰다.

어제의
큰 것들 오늘은 작아져 있고
또 큰 것을 찾아내 다시 보면…
또 다시 작아져 있고…
또 찾고, 다시 잃고

우린 이렇게 산다.

내
당신 위해 은행나무 되리라.
당신
나를 넘고 더 큰 나무 되시라.

그리고

누군가
당신을 뛰어 넘을 더 큰 나무를 기르시라.

우린 이렇게 간다.

차근
차근히 이루어 가라

조금
조금씩 맞추어 가라

한 땀
한 땀씩 걸어서 가라

60cm×73cm 캔버스에 아크릴

인사동 전시회

집사람

일주일을
인사동으로 출근을 하였지요

그림 전시장으로
아침 일찍 함께 나섰지요

고단하다
고단하다 하면서도 행복해 했지요

음악이 흐르고
좋은 그림이 있고

즐겨
보아주는 사람들이 있고

이
잠깐의 외도가

기대보다
크게 불거졌습니다.

동심원을
크게 그려 나갔습니다.

머얼리까지

시공

시간時間과
공간空間이
만난

그
자리가

마음자리
본래本來의 자리.

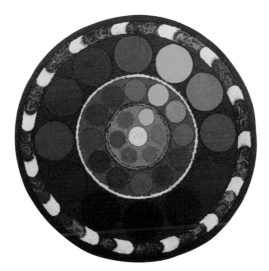

37cm원형 가죽에 아크릴

델프트(Delft)

네덜란드의
조그마한 전원풍 도시
유서 깊은 공과대학이 자랑이다

WHO 기금으로
세계 여러 나라의 학생들과
한동안 공부할 수 있는 행운이 있었다

보도는 물론
조금 들어앉은 찻길도
붉은 벽돌로 깔려 고풍스런 운치가 있다

3층이나 되는
높은 사다리에 올라
유리창을 닦는 여인들을 올려다보면

뒤뚱거리는
그 큰 엉덩이가
그냥 무너져 내리지나 않을까 조마조마하다

그때만 해도 서울 촌놈이
길가며 아무데서나 껴안고 키스하는 그들을
그냥 지나치지 못해 눈 둘 바를 모르고 흘끔거렸지

몸뚱어리는
내 두 배나 되는 사람들이
순박하기는 무속같이 보일 때도 많았다

지금도
자기 집 앞을 지나가는 사람들에게
거실을 자랑하고 싶어 실내 등을 있는 대로 켜기를 좋아하리라

58.5cm×48cm 사진

빠리장

그때도
파리(Paris)는
아름다운 여인의 모습이었습니다

이십여 년이
지난 지금도
여전히 아름다운 여인의 모습입니다

성性을
예술로 승화시키는 그들은
예나 지금이나 빠리장들인 모양입니다

매혹의
유혹 속으로 빨아들이는

깊은
성적性的 향수에 취해

그들은
사랑의 포로로

오늘도
하루를 지샙니다

절정감에는
두 가지 뜻이 있어 보인다

하나는,
인간을 이어 나감이요,

또 하나는,
법열法悅의 맛(味)을
삼간 보임이다.

진리眞理에 들 때
유사한 기쁨에 젖어 든다.

38cm×45.5cm 캔버스에 아크릴

근본적인 착각들

변하지 않는
고정된 실체가 있다는…

이 몸이 나라는…

이 마음이 나라는…

시간이 따로 있어
과거 현재 미래로 흐른다는…

공간이
쪼개지고 나누어진다는…

시간과 공간이 별개라는…

생사가 따로 나뉜다는…

생명 생명이 완전 별개라는…

인과율의 지배에서
자기는 벗어날 것 같은…

자기만이 오로지 옳다는…

이것만이 오로지 진리라는…

왜
같은 돌에
계속
넘어지고
자빠지고…
하는가?

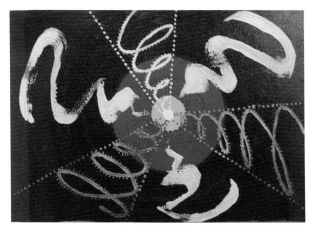

57cm×40cm 가죽에 아크릴

시를 쓰다

시인

대낮에
샛별을 찾는 눈을 뜨다

시

깨우침을
짧고 굵게 익혀 내놓다

쓰다

생활도에
감춰진 보석을 뽑아 올리다

글을
쓴다는 건

그냥

올라오는 걸
내려오는 걸

받아내는 거지요

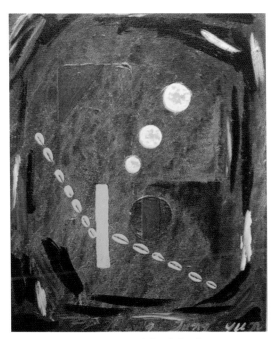

38cm×45.5cm 캔버스에 아크릴

돈통을 깨다

가방장사 20여 년
돈통 지키기 20여 년

빚 다 가리고
어린 동생들과 집 한 칸씩

돈통을 비키자니
직원들 도둑 만들겠고

돈통을 지키자니
평생 돈 지키는 개 되겠고

에에~라 깨라
D-day 정하고 돈통을 깨다.

대물림 가방장사
자랑스런 역사를 지우다.

아니
왜 그 잘 되는 장사를…

그에게는

영성을 맑히고
영혼을 자유롭게 하는

Soul Free System을
마무리하라는…

영적 소명이 있었네.

때로는
파괴가 해탈일 수도 있다.

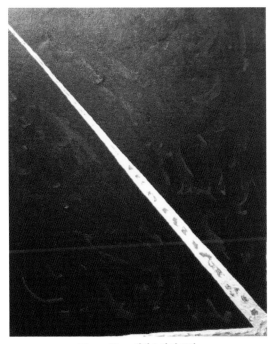

73cm×90cm 캔버스에 아크릴

詩가 흐르는 풍경

모처럼 비온 뒤
하늘 산 모두 파란 날
물소리 따라 북한산 계곡을 훑어 올랐네

이만 보의
걸음에는 뿌듯함이 배고

배낭 속
술 과자 과일 음식 함께 쏟아 놓으니 육회까지 넉넉히 마련했네

금강산도 식후경
네 것 내 것 따로 없이
와자지껄 화동 언덕이구나

오늘 같은 날
사진기도 안 가져 왔냐
멍청한 놈… 공연히 큰소리 친다

추운 물 속에 텀벙…
아직도 이팔청춘인 무대뽀도 있네
아래 물건 들춰보니
아이구 완전히 번데기가 되어 버렸구나
낄낄낄… 와 하하하…

아랫마을 음식점에서
김삿갓과 황진이 벽계수를 읊으며
소주마다 맛을 보니
만원 내고 먹는 점심 염치도 좋다

오는 걸음 표정마다
뭐 하나 빠진 것 없이 흐뭇하구나
역시 친구는 누가 뭐래도 오팔이들이로세

- 친구들과 북한산 산행을 하고 와서 -

해말간
마음으로

자유롭게
행行하다.

45.5cm×53cm 캔버스에 유화 1984. 1

벗들과의 산책맛!

아슬랑 아슬랑
눈귀 온몸의 힘 빼고
도란도란 이야기 나누며

벗들과
한가로이 거니는 맛이 일품이랍니다.

어슬렁 어슬렁
앞서거니 뒤서거니
두런두런 이야기꽃 피우며

벗들과
한가로이 거니는 맛이 일품이랍니다.

이 꽃은 저 꽃은
이 나무는 저 나무는
이 꽃 향 저 나무 향 맡으며

벗들과
한가로이 거니는 맛이 일품이랍니다.

이 친구 저 친구
그래 하하 그려 허허
아직도 노익장의 혀끝에 남은 힘마저 풀어내며

벗들과
한가로이 거니는 맛이 일품이랍니다.

61cm×73cm 캔버스에 아크릴 1993. 10

주고 그리고 받기

누군가가

지하철에서
나에게 어떻게 가면 되느냐고 길을 묻는다.

그 누군가에게
나는 가는 길은 자세히 안내한다.

내가
길을 몰라 헤맬 때 누구에게 묻는가?

내가
길을 가르쳐 주었던

그 누군가를
찾아가서 그에게 되묻는가?

아니다.
나도 지나가는 옆사람에게 묻는다.

이렇게

1:1로만
주고 받는 것이 바른 답은 아닌데

왜 우리는
내가 준 그에게서 꼭 되돌려 받으려고 하는가?

얽히고 설킨
인연인연 고리고리에서

자연스레
서로서로 주고받게 되어 있어

그것으로
족하다 하겠습니다.

베풀 수 있을 때
생색내지 말고 그냥 나누고

받을 때
주눅 들지 말고 정말로 고마워 하면

저 큰 곳에서
한 톨도 빠트리지 아니 하고

모두
다 계산된다 합니다.

무주상無住相 보시
공덕이 무량無量하다 하였습니다.

인연과보因緣果報

뿌린 대로
거두리라

콩 심은 데
콩 나고…

32cm×38cm 가죽에 아크릴 1989. 11

행복한 기운

열감
느껴지고

약간의
진동이 흐른다.

몸살은 아니다.

또 한 번의
시화집 출판으로

몸과 맘이
흥분한 행복한 끼다.

팔십
이제 되짚어 보며

만끽하는
총결집 수순이라.

자기만

느끼고
고뇌하고
행복해 하는
비밀秘密의 장藏이 있다.

38cm×46cm 캔버스에 아크릴

고교 졸업 60년

꿈만
같은 시간이 엊그젠데

고교
졸업 60주년이란다.

하~
어느새

세월이
이리도 빨리 흘렀노!

번개가 따로 없네.

회한이
쬐끔은 남지만

그래도

빡쎄고
보람찬 일도 많았지!

세월이
유수같이
흐른다 하였지

77cm×57cm 종이에 아크릴

눈총 주네

노익장이라지만

귀여운
손주들이

할아버지
냄새난다고 슬그머니 도망가네.

나이
팔십 되니

귀가
먹먹해져

옆에서들
웃고 떠드는데 혼자 멍하네.

목소리가
화발통이라고 시끄럽다 하네.

앞서거니
뒤서거니 다 내일일진대

여전히
총기 총총 내 친구들

너~
어리버리하다고

슬그머니
주눅 들게 하네. 눈총 주네.

잠깐 사이에
천당과
지옥을
오간다.

91cm×116cm 캔버스에 아크릴

서글픈 풍경

손주
미국 유학 환송을 한다고

모처럼
일찍 인천공항으로 나서다.

거리는
붐비지 않으나

세상은
부지런히 움직이고 있네.

길 건너를 보니
두 노부부가 리어카를 끌고 있다.

밤새 모았을
폐지박스를 가득히 싣고

할아버지는
끌고 할머니는 밀고.

먹고
사는 게 엄정하긴 하나

상쾌한
아침 햇살에 비치는

서글픈
풍경이었다.

나
잘났다고 으스대더니

오만의
덫에 걸려

코가
열자로구ㅣ

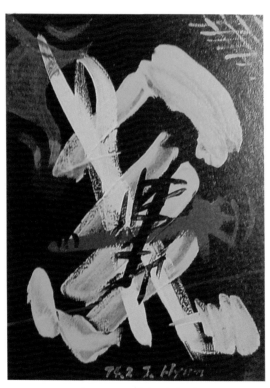

24.5cm×33cm 캔버스에 아크릴

화를 내다

화를 내는 거

인간적으로
받아줄 수는 있지만

아직
제 뿌리에 걸려
계속 넘어지니 한참이구나.

화를 내는 거

인간적으로
받아줄 수는 있지만

아직
상대방 거울에 비치는
자신의 모자람이 불쾌하구나.

화를 내는 거

인간적으로
받아줄 수는 있지만

아직
상대가 바르게 설득이 되지 아니해서
짜증이 나는구나.

화를 내는 거

인간적으로
받아줄 수는 있지만

아직
질량이 모자라고
바로서기가 어설프구나.

그래서
영격이 up-grade 되고
큰 사랑 자비가 충만해야 한다 하네.

노怒하면

순간
자기를 놓칩니다.

64cm×55cm 가죽에 아크릴

시선

두 눈으로
세상을 보는 감각적 시선

인과의 율로
세상을 깊이 보는 과학적 시선

넓은 지식으로
세상을 이해하는 인문적 시선

깊은 사유로
세상을 뒤집어보는 철학적 시선

열린 혜안으로
세상을 직관하는 영성적 시선

통찰의
바른 시선으로 말씀 전하다

맑고
밝고 투명한 시선으로

세상을 보라.

사랑과
자비의 시선으로

세상을 보라.

때로는
있는 그대로
보아도 보고
들어도 보고
먹어도 보는

너그러움이 필요하다!

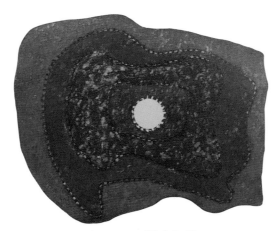

45cm×35cm 가죽에 아크릴

숨(呼吸)

빈(空)
듯하나 기氣로 가득…

우리는
공기空氣라 합니다

기氣
생명 에너지 에센스입니다

중국은 기공
인도는 요가

우리는
단전호흡丹田呼吸입니다

·   ·   ·

붉을 단丹 밭 전田

척추
바로하고

단전에
숨을 꽂고

백회를 관통

우주
기운 한 기운

숨은
배꼽 아래 4~5cm

단전호흡丹田呼吸입니다

상 중 하단전…
참선 명상 삼매… 참나(空)

배꼽 아래

기운氣運의
중심中心 자리.

단전丹田에
중심 잡고

미간眉間에
불 켜고

22cm 원형 가죽에 아크릴

맘 모음(祈禱)

내가

내 안의 내가
알아들을 때까지

내 안의 나에게

조용히
일깨우는…

들리지
않는 속삭임

내 안의 내가
알아들을 때까지

내 안의 내가
알아들을 때까지

조근조근 나누는… 이야기

소리소리 지르는… 절규
    ·   ·   ·

명징하고
정갈한 곳에

맑은
물 한 잔 받혀놓고

마음
모아 정성 모은 손

생활을
풀어가는 바른 방편

기도祈禱

양量이 질質로
변할 수 있는…

한
차원 높은
힘의 작용이니…

40cm×40cm 가죽에 아크릴

무녀巫女

튀는 무지갯빛
꽃 피고

넘치는 기운
신기 깃든 눈망울

바람몰이 격정 속

여러 색
나투어 휘둘리는 여인

덩~덩~
덩~더더꿍 신내림 속

덩~덩~
덩~더꿍 공수 내리다.

36cm×25cm 가죽에 아크릴

진도 씻김굿

망자
편히 보내는 놀이굿판

돼지머리 안 보이고
울긋불긋 옷치레도 없이 정갈하구나.

북 장구 어우러지고
망자와 영가들 기웃이 몰려들어
덩덩 덩더궁 흐드러진다.

산 자와
죽은 자가 한 마당이로세

길 트이니 우루루…
편히들 가시오 그저 허망한 것이니…

아직도
모르겠소 죽어서도 모르겠소

이 답답한 중생아
그래서 알고 죽어야 한다 가르치지 않던가

산 자들아
죽은 내 모습이 이러하니

살아서
확연히들 깨어서 가소.
 · · · · · ·

조상님들
공수 내리고 함께 돌아가시네.

비

하늘은 덜어 가볍고
땅은 젖어 풍요롭고
너는 촉촉이 사라진다.

53cm×45.5cm 캔버스에 아크릴

숨바꼭질

안의
자기 놓치고…

밖으로
찾아 헤매는…

순간 놓쳐

같은 돌부리에
걸리고 넘어지고…

걸림돌

디딤돌 되어
징검다리 놓이게 되네.

주인공主人公을
찾지 않아도
안전운행安全運行이
가능할 것인지…

91cm×73cm 캔버스에 아크릴 1993. 12

하늘의 식사 한 판 대접하다

영가들이
빙 둘러서서

나에게
밥을 내라 하기에

몇 명이냐
물으니 100 명이란다

그럼
200 그릇을 놓으라 하다

그릇을 쭉 놓으니
하늘에서 색깔 있는 멋진 식사가 내려와
그릇들을 채우다

차원계의

함께
공부하고

서로
도우며

영격
up-grade 하는 존재들에게

하늘의
식사 한 판 대접하다

61cm×73cm 캔버스에 아크릴 1992. 9

진화의 원동력

인류
진화의 원동력

돈
Sex
호기심

그리고

문화.

시時 · 공空을
과過하게
쓰지는 않는지?

언젠가는
갚아야 할 빚인데…

51cm×40cm 가죽에 아크릴 1992. 3

인생찬탄

이 푸른 별
지구에서 함께 우주여행을 하는

우리네
삶이 경이롭습니다.

세세생생
앞서거니 뒤서거니 만나

우리네
삶이 끊임없이 이어져 갑니다.

부부로 만나
아들딸 낳고 사랑하며 살아가는

우리네
삶이 살갑습니다.

형제자매로 만나
뜨겁게 아끼며 갈등하는

우리네
삶이 야속합니다.

친구로 만나
서로서로 이끌며 도와가는

우리네
삶이 아름답습니다.

적으로 만나
서로서로 뒤틀며 진화하는

우리네
삶이 매섭습니다.

모두
부처가 되어야 윤회가 끝나는

우리네
삶이 엄정합니다.

인연

화살같이 와서
바람같이 스치고
뿌리고 지나친다

60.5cm×73cm 캔버스에 아크릴

하늘에 영광을 쌓아라

내가 일구는

복福의 일부는
하늘에 쌓으라 하십니다.

내가 일구는

선善의 일부는
하늘에 쌓으라 하십니다.

내가 일구는

공功의 일부는
하늘에 쌓으라 하십니다.

내가 일구는

덕德의 일부는
하늘에 쌓으라 하십니다.

내가 일군 것들

한 톨도
남기지 않고 다 챙겨 쓰면

나중에
하늘나라에 가선

무엇을
자랑하실 것인지요?

아니

남이 일군
공덕功德까지 빼앗아 쓰고 가면

무어라
변명하실 것인지요?

그 빚을
어찌 갚을 것인지요?

허공虛空

모든
유有·무정無情을
다
기르고
받아들이는

본래本來의 자리.

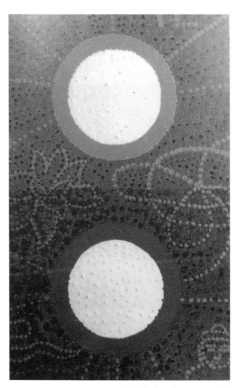

75cm×100cm 가죽에 아크릴

이사 갈 때

이사 갈 때

우리는
많은 것들을 버리고 이사를 한다.

한 때는
소중했던 것들도…

마지막
이사를 갈 때는

하나도
빠짐없이 놓고 간다

사랑하는 사람들,
귀한 돈, 명예로운 Power, 병, 고통…

마지막
이사를 갈 때는

하나도
빠짐없이 빼앗기고 떠난다.

이 몸
이 마음까지도…

잠시
이름 석 자만 뒤에 기억된다.

인因은 씨앗

연緣은 텃밭

과果는 결과

보報는 효과

이
이상의
과학科學은 찾을 수 없네.

35cm×25cm 가죽에 아크릴

통과의례

우리가
살면서 거치는 통과의례들

백일잔치 돌 초등 고등 대학 입학 졸업 결혼
아들딸 낳고 키우고 결혼시키며 환갑 칠순 팔순…

그러는 가운데
친지들의 죽음 배우자와 사별… 등등

기쁜 일
슬픈 일이 원거나 원치 않거나

우리들을
스쳐 지나갑니다.

매몰되지
아니하고 가벼운 마음으로
'let it be' 'let it go' …

마지막 관문
the last gate도

알고
통과하는 혜안을 갖출 수 있으려나.

죽음이
우리를 갈라놓을지라도

인연이
우리를 이어가고

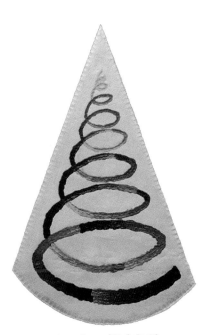

25cm×40cm 가죽에 아크릴

벗님들아

다음 생에는

잘 먹고
잘 사는 것에

+알파를 더해

질량을 높이고
영격을 Up-Grade 하는

좀 더
고난도의 게임을 준비해 오자.

이왕에
한 세상 살고 가는 거

잘 먹고
잘 살고만 가기엔

좀~
무미건조하지 않은가?

가기 전에

복 많이 받는
맹맹한 그림을 넘어선

좀 더 수준 높은
고난도 그림을 그리고

다음 생을
주문하고 가자.

구름은
모이고 흩어지나

하늘은
지고至高하네.

한 때 Mac 작업하다

사람의 일

하늘의
일이 이러하고

땅의
일이 이러하고

사람의
일이 이러합니다.

하늘땅 사이에

사람의
일이 있습니다.

하늘땅 사이에

사람이
하늘 땅을 움직여 하는 일이 있습니다.

하늘땅 사이에

사람이
하늘 땅을 모시고 이루어야 할 일이 있습니다.

깊은 산에

큰
절이
드는 것도

그
시작은
한 조각
마음(心)이다.

53cm×65cm 종이에 아크릴 1990. 2

사랑하며

사랑한다는 것은

이 세상에

우리가
함께 같이
존재한다는 것이다

색이 바래면

사랑도
우정도 색이 바래면…

흐르는
깅물을 보십시오.

장님은
어둠으로 걷고

세월은
시간으로 살지요.

내 게으름을 부리며
남들도 게으른가 아침 일찍 나가 보니

세상은 여전히
부지런히 움직이고 있었습니다.

한편 서운하고
한편 다행이다 싶었습니다.

삶은
연습이 없다는데

과연 그러할지

.
돈.
시간.
애정.
우정.

절제節制가
되어야
아름다운 것…
. . . .

77cm×57cm 종이에 아크릴

하얀 백합

은밀하고
소중하게

감추어진
붉은 장미

소담스런 숲속

투명하게
내비치며

맺혀지는
이슬이슬

갈증을 푸는

산새
한 마리

봉곳이 솟는
새순, 봄꽃, 꽃내음

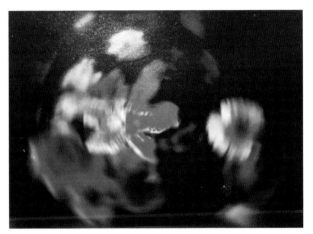

한 때 Mac 작업하다

성

꽃
맺혀… 여자

용
꿈틀… 남자

꽃
이슬 비치고

용
불을 토할 때

파괴의 잿빛
생성의 불꽃
    ‧ ‧ ‧

인연줄에 다시 묶여
살을 섞고 우왕좌왕

젊어서는
몰아치는 욕망의 불끄기 바쁘고

짝진 후엔
서로를 확인하는 굴레의 덫이나

돌아 다시 그 자리

슬기로운 자
완성의 장으로 마무리하네

한 숨에 한 삶이 담겨 가네

꽃은
피고 지나

그 뿌리는
대지大地에 내린다.

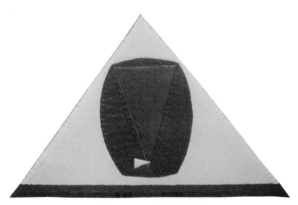

34cm×21cm 가죽에 아크릴

청초롱한…

청초롱한
시선 속에
명징한 소리 담고

투명한
그릇 속에
무지갯빛 구슬 담고

뜬금없는
마음 속에
허허로운 생각 담고

당신의
가슴 속에
내 사랑 가득 담고

하염없는
허공 속에
생과 명을 담고 간다.

한 때 Mac 작업하다

눈맞춤

열린
눈맞춤 초롱 초롱 초롱

보석처럼
아름다운 반짝임

잠깐
열린 시선 속

영성의 흔들림

맑고
깨끗한 네 모습

안의
방울방울 무지갯빛은

밖으로
피어나는 꽃잔치 되어

그대의
영혼 날개를 단다

높이… 더 높이…

눈이
마음의
거울이라 하지요.

73cm×90cm 캔버스에 아크릴

당신을 떠올리면

당신을 떠올리면
이 가슴이 따뜻해져요

당신을 떠올리면
이 몸에 뜨거운 피가 다시 돌아요

당신을 떠올리면
다시 청춘의 깃발을 날리고 싶어져요

당신을 떠올리면
이 나이가 하나도 두렵지 않아요

당신을 떠올리면
함께 하나 된 영상이 칼라풀 돌아가요

당신은
나를 몰아가는 활력소

영원한 엔진.

40cm 원형 가죽에 아크릴

꽃침대

태백시
조촐한 여관방의 꽃침대

조용하고
은밀한 구석방의 꽃침대

이층 살림에
하나뿐인 꽃침대

구형 TV에 신형 선풍기가
어울리는 꽃침대

꼬질꼬질한 무늬에 덮여
구질구질한 사연을 먹고 사는 꽃침대

수더분한 인정에
시골 아낙네 같은 꽃침대

도시형 시골의 청춘남녀들을
수도 없이 받아주었을 분내음 꽃침대
· · · · · · ·

우리도 살짝
사랑을 나누었지

                    – 러브텔이 좍~ 깔리기 전
                      어느 먼 이웃나라 이야기였습니다 –

한 때 Mac 작업하다

로맨스 그레이

뜨거운 여름에
가을 냄새 맡아 쓸쓸한

낙엽 밟혀 코끝 찡한 남자

사랑이 움트려나
늦사랑에 취하려나

검던 머리에
은백의 머리 얹어

세월의 훈장 달고

옛 편지
다시 보니 얼굴 후끈거리네

그때는
너무 뜨거웠었네

52cm×65cm 캔버스에 아크릴

오늘 따라

오늘 따라

더 초라함은
내 곁을 떠나 계심입니다

오늘 따라

더 처연함은
사랑이 뜨겁게 와 닿지 않기 때문입니다

한 올 한 올
님 향한 더듬이고

세포 하나하나
님 향해 꽃 피는데

멀고 험한 길
짝사랑으론 두려움입니다

함께
하셔야 합니다

안에서 밖에서
빛으로 사랑으로

호박이 익는
소리를 듣는…
선적禪的
마음을 기른다.

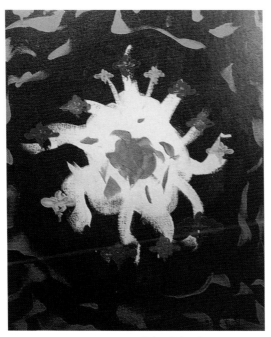

60,5cm×72,5cm 캔버스에 아크릴

오늘도 온몸으로

올곧게 타오르는 이 불길
님에게 전하고자
오늘도 온몸으로 나서봅니다

저려오는 이 기쁨
님에게 전하고자
오늘도 온몸으로 나서봅니다

님과 하나임을
님에게 전하고자
오늘도 온몸으로 나서봅니다

빛 속의 빛
님에게 전하고자
오늘도 온몸으로 나서봅니다

만정 김소희는

생전
'소리는 목청으로 하는 게 아니며
오랜 적공積功 끝에 득음得音,
이치를 깨달아야 하는 것'이라 했다.

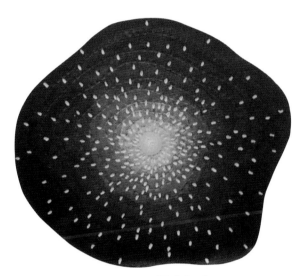

38cm×32cm 가죽에 아크릴

누구의 그림자

한없는 사랑에
애틋한 그리움을 담아내는?
누구의 그림자인가요

따스한 시선에
아리한 아픔을 쏟아내는?
누구의 그림자인가요

하이얀 빛속에
보라색 어둠을 끌고 가는?
누구의 그림자인가요

본래의 모습에
본래의 모습을 그려가는?
누구의 그림자인가요

그림 속 우리
누구의 그림자인가요

우주
어디서나
어느 때나

free pass할 수 있는
password!

116cm×91cm 캔버스에 아크릴

편안한 당신

당신이
편하답니다

없는 듯
자리한 당신이 편하답니다

어디나
모양 없이 깃든 당신이 편하답니다

늘
한없이 일구는 당신이 편하답니다

기울음이
무언지 모르시는 당신이 편하답니다

당신이
항상함을 깨닫기는 어려워도

여여한
당신이 편하답니다

80cm×100cm 캔버스에 아크릴

삼림욕

당신도
누워 하늘을 봐

파아란 하늘에
초록색 잎새들 총총총 박히고
사이사이 흰 구름 뜬다

게으른 닭
맥없이 대낮에 꼬끼오~ 하고
까치 까악까악 실없이 짖는다

커피 끓이고
과일 몇 개 김밥 싸들고
어린이 대공원으로 몰다

모처럼
삼림욕장의 한가로움
제멋에
겨운 동물들 동심을 부르고
못 위에
조용히 오른 연꽃 마음

사위
고요한 숲속 길을 걸으며

정감 있는 눈빛
따스한 손에 체온 담고
머리 앉히고 가슴에 가슴 이어

하나로 넘어가는 우리

공기空氣

비어(空) 있으나
그냥
비어 있지 아니 하고
기氣로
가득 차 있다고.

45.5cm×38cm 캔버스에 아크릴

두 그림자

모래바다 위 두 그림자
파도에 철썩거리며 흔들리다
바다의 숨소리에 귀 빠지다

파도에 밀려 할딱거리는 치어늘
갈매기들 아침먹이 찾아 수면에 꽂히고
모래 위 새 발자국 어수선한데

두 그림자 하나 되고 모래바다 뜨거워진다

먼 수평선 태양에 타들어 가고
바다 위 이글거리는 해 그림자 깔리면
모두 부스스 잠에서 깨어날 때인데

허공에 실린 무게와
땅에서 솟는 가벼움이
두 그림자 싸안아 모래바다 위에 궁글린다

바다는 소리 없이 으르렁거리고
파도는 여전히 쫓아오는데
사랑에 든 두 그림자 세상을 잊는다

가슴을 뜨겁게 식은 용광로에 묻고
모래바다에 두 줄 그으며

두 그림자
다시 세상에 나오다

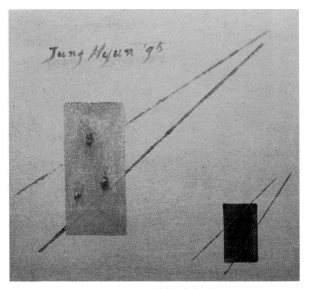

53cm×45.5cm 캔버스에 아크릴

집사람

어린 모습
감싸야 맘이 놓이는 사람

착하고
쉬 상처 받는 사람

맑아
주위에 빛을 뿌리는 사람

옆 사람을
편케 하는 사람

상처 받고
눈물 글썽 울기도 하지만

스스로
눈물 곱씹어 삼킬 줄도 아는 사람

그러나

늘 마음
놓이지 않는

어린
내 사랑.

40cm×54cm 종이에 연필, 가죽 표구 1992

당신은

맑게 맺힌 이슬
또르르 구를까 조마조마합니다

네비친 꽃망울
하마 스러질까 조심스럽습니다

깊은 옹달샘 갈증입니다

어제는 즐거움
내일은 걱정으로 슬그머니 다가옵니다

당신은
나의 이정표

길목에 서 있는
목이 긴 나목裸木입니다

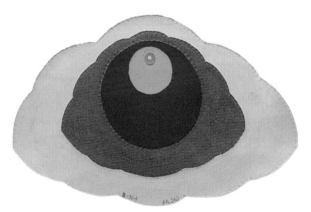

38cm×25cm 가죽에 아크릴

새댁도 이제는

새댁도
이제는

할머니지요

어느
아파트 단지

30여 년을
함께 살아온 할아버지의 물음

이 아파트에
처음 이사 왔을 때는

곱디
고운 새댁이었는데

어느새
세월이 흘러

나와
같은 늙은이가 되었소.

작년에
아이들 출가시켰으니

당연히
할머니가 되었겠지.

엘리베이터 안에서
할아버지 왈 "인생이 짧지요!"

그대로
보는 것만으로도
깨달음에 이른다.

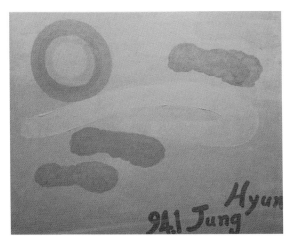

91cm×73cm 캔버스에 아크릴

Romance gray Challenger

반백의
머리 은백이 되어도

그는 멈추질 않네.

은백에
어울리는 청춘이 남았다고

그는 멈추질 않네.

가슴 뛰는
열정의 불꽃이 남았노라고

그는 멈추질 않네.

영성을
맑히고 영혼이 자유로워지는

Soul Free System.

이제
막 오르는 싹을 보았노라고

아직
숙성의 시간이 남았다고

그는 멈추질 않네.

수학적으로도
무한無限에는
수없이
무한無限이
존재存在합니다.

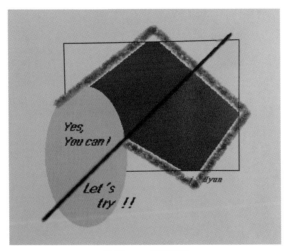

한 때 Mac 작업하다

이 가슴에 불씨 남아

아직도
이 가슴에 불씨 남아

애태우는
마음이 뜨거울 때가 있답니다.

아직도
이 가슴에 불씨 남아

잠 못 자는
이 맘이 설레일 때가 있답니다.

아직도
이 가슴에 불씨 남아

애틋하게
당신이 그리울 때가 있답니다.

아직도
이 가슴에 불씨 남아

떠날 때도
이 맘에 실려 갈까 걱정되곤 한답니다.

남은 불씨
제 힘에 겨워 멈출 줄 모르네!

그래도… 안 되면,
단전丹田의
뜨거운 열기에 태워…

77cm×57cm 캔버스에 아크릴

흔들의자

앉으면
맘이 풀린다

앉으면
맘이 편안해진다

앉으면
세상이 동글게 흔들린다

앉으면
주위가 둥근 원으로 다가온다

누군가

이 흔들의자에
날아갈 듯한 독수리 문양을 새겨

단단하게 만들어 준
장인에게 고마움을 전하고 싶다

오래 전 힘들 때
적지 않은 투자로

이 흔들의자를
마련해 준 집사람이 고맙다.

거의
평생을 함께하는

편안한
이 흔들의자가

나이 들수록
나의 일부로 정겹게 느껴진다

요즘
흔히 유행하는 반려견처럼

편안함
그리고
영성의 날개를 달다.

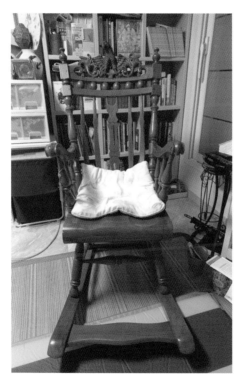

사진

강남역

금요일
저녁 9시 반

신분당선 강남역

젊음의
열기로 터지려 하네

중늙은이가

오랜만에
느껴보는 젊음의 신선함

이들의 에너지가

내일을
일으키는 힘이다.

이들의 힘이

내일의
대한의 역사다.

이들의 역사가
우리의 역사가 된다.

우주宇宙는 흐르나
존재存在는 의연依然하네.

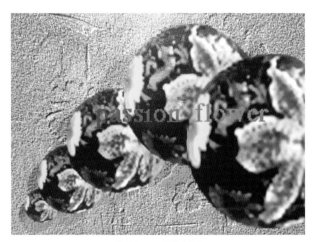

한 때 Mac 작업하다

그림의 시작

사업에 내몰려
일요일도 없이 한창 바쁜 시기

모처럼
하루 쉬는 날

어린 아들딸과
함께 배 깔고 딩굴고 노는데

미간에
몰록 그림 한 장 뜨다.

太空의
그림의 시작이었다.

한 그림
사인하고 내려놓으면

그 다음
그림이 올라오고

십여 년
계속되고 멈추다.

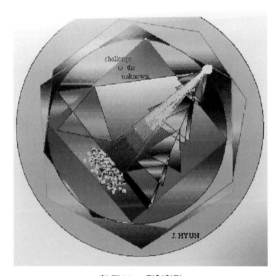

한 때 Mac 작업하다

Symphony No. 9

그는

희열 속에
서 있었습니다

뜨거운
희열 속에 서 있었습니다.

우주의 환희심이

그에게
몰려들었습니다

그에게
뜨겁게 몰려들었습니다.

그는
주체할 수가 없었습니다

오선지
위에 몸을 던졌습니다

온몸으로
휘갈겨 써 내려갔습니다.

우리도

환희
속에 함께 몸을 던져놓습니다.

그와
우리는 하나로

환희의 태풍에 휘돌아 갑니다.

한 때 Mac 작업하다

사랑하는 벗들을 앞서 보내며

사랑하는 벗들을
한 사람 한 사람 앞서 보내며

남은 우리들은
슬프고 애달픈 마음에 힘들곤 한다.

다음은
내 차례라는 걸 자연스레 터득하며…

지난 세월의
아름다웠던 사랑과 우정이

더 더욱
돋보이고 빛을 발하고 그리워지며…

生死의 出入을
삶의 앞뒤 통과의례 정도로

가볍게
받아들일 수 있는 듯하다.

본래의
자리로 돌아가는 것이라는…

죽음이
두려움만이 아니고

또 다른
시작으로 반복될 수도 있는

문턱임을
바로 보여주고 가네.

윤회
상상이 아니라
법도라 하지요.

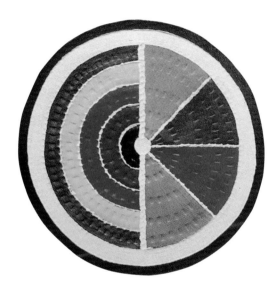

27cm 원형 가죽에 아크릴

꿈보다 해몽이…

꿈보다
해몽이 좋은 사람이

착한 사람
좋은 사람
바른 사람입니다

꿈보다
해몽이 좋은 사람이

아름다운 사람
보기 좋은 사람
사랑스런 사람입니다

꿈보다
해몽이 좋은 사람이

긍정적인 사람
적극적인 사람
발전적인 사람입니다

세상을
맑고 밝고 투명하게 만듭니다

마음 공부
자칫
군내를 낸다.

38cm×45.5cm 캔버스에 아크릴

어느 꿈

크고 검은 거인
내 뒷주머니에 불룩허니 무언가를 찔러주고 씨익 웃으며 땅을 가르고 사라지다.

사업에 바삐 뛰어다닐 때
원주에 큰 건 납품이 확실치 않아 마음 조리며 이건 성사되어야 풀리는데…
결정 바로 전 날 얻은 꿈 한 토막.

걱정 말고 가서 소신껏 써도 돼…
직원에게 자신 있게 일러놓고 기다리니 큰 건 하나 물었다고 기뻐하며 돌아오다.

저쪽의
작은 선물

이쪽에는
큰 선물 되기도 하고

저쪽의
하찮은 장난이

이쪽에는
큰 재앙이 되기도 하고

서로
함께 울리는 공명共鳴.

머리로
생각해 보고.

91cm×116cm 캔버스에 아크릴

건방을 떨다

인도여행 15박 16일

더 이상 궁금할 것 없다
건방을 떨었습니다

갠지스 강가의 시체 태우기

더 이상 궁금할 것 없다
건방을 떨었습니다

가는 곳마다
내미는 새까만 손손손

더 이상 궁금할 것 없다
건방을 떨었습니다

가는 곳마다 들리는
박시시 박시시 박시시

더 이상 궁금할 것 없다
건방을 떨었습니다

캘커타 안개 낀 새벽길
이고 메고 들고 끌고 뛰고
뽀얗게 움직이는 인간 군상군상들

더 이상 궁금할 것 없다
건방을 떨었습니다

수억의
인도인들 진흙탕에 딩굴어

한 부처
세상에 내놨습니다

한 부처
세상에 탄생시켰습니다

생명의
헤아리기 어려운 자비입니다.

자비 광명의 빛입니다.

분별分別

그리고

합일合一.

91cm×72.5cm 캔버스에 아크릴

인도

이 땅은
영적 자원을

보존하는 창고입니다

카스트제도가
지극히 불합리함을

몰라서가 아니랍니다

거지와 도둑
그리고 가난이

좋아서가 아니랍니다

부처 오신 후
이천오백여 년

큰 변화가 없는 이유랍니다

우주 의식이
연꽃을 피우기 위해

선택한 땅이 인도랍니다

석학이나
박사들이 사방에서 나오고 있지만

많은 성인들이
이 땅에서 나오는 이유입니다.

영적
쓰레기가 들고나고

재처리
재생산되는 이 진흙 땅에서

진리의
연꽃(Lotus)이 소담스레 피어 오릅니다.

영성을
뜨겁게
정화시키다.

52cm×65cm 캔버스에 아크릴

깨워 주십니다

님의
숨결 느끼며 잠을 깹니다

새로운
그리움의 시작입니다

늘 깨워 주십니다

빛으로
늘 깨워 주십니다

91cm×116cm 캔버스에 아크릴

감사합니다

그 많은
시험지로 키워 오신 사랑

감사합니다

그 많은
고통으로 담금질하신 자비

감사합니다

그 많은
되새김으로 끝을 보여주시는 은혜

감사합니다

미완의 장으로
끝내서는 아니 된다는 따스한 회초리

감사합니다

네~ 반드시
그리 하겠습니다.

자심慈心
기쁨 더하고

비심悲心
슬픔 줄이는

50cm×61cm 캔버스에 아크릴

대자비

불법佛法은
서릿발 같으나

가르침은
솜보다 부드럽고 따숩네.

감싸고
싸매지 않고 그냥 들고 치면

그 날카로움에
견딜 장사 몇이나 될꼬!

오늘의 언어로

옛 말씀을

펼쳐 보입니다

33cm×66cm 가죽

선지식善知識

한 분의
선지식을 모시고

마음공부를
해 나가는 인연도 좋으나

그때그때
꼭지가 톡~ 소리 내며 떨어지는

인연인연들을
만나 막힌 마음들을 풀어 왔네.

선지식이
어찌 수승한 도인만을 이르겠는가

답답한
맘 구멍을 적절히 뚫어준 만남들이

모두
순연으로 이어진 선지식들일세.

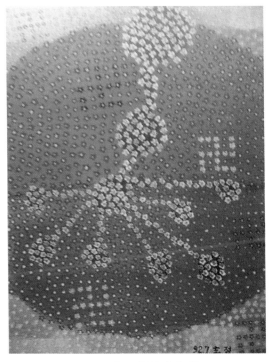

91cm×116cm 캔버스에 아크릴

太空이라 하다

상해에서
서울로 오는 비행기 안

미간에
태허太虛라는 두 글자

갑자기
하늘을 가득 채우다.

이게
무슨 조화지? 무슨 뜻이지?

앞생의
도인풍모 우연이 아니었네.

太虛
도가道家의 끝점이라 하네

이번
생에는 태공太空이라 하다.

31cm 원형 가죽에 아크릴

깨우치면

깨우친다는 것은

이 세상에

우리가
함께 같이
존재하는 이유를 안다는 것이다

어찌 할 건가!

중생衆生은
가깝고

부처는 멀고…

고통은
가깝고

깨달음은 멀고…

어찌 할 건가!

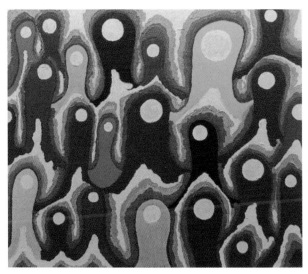

76cm×65cm 캔버스에 아크릴

재미있어요

누구도
한 사람도

거짓말할 수 없다는 게
재미있어요

미워하면 미움 받고
사랑하면 사랑 받는

한 울림이 있다는 게
재미있어요

혼자 잘난 척
큰 공부했다고 까불면

죽어서 도깨비가 된다는 게
재미있어요

조금도 틀림없이
지은 대로 그대로 받는 인과율이 있다는 게
재미있어요

배운 대로
바르게 쫓아가며

누구나 부처 될 수 있다는 게
재미있어요

너도 나도
우리 모두 하나같이

부처 안에서 숨 쉰다는 게
재미있어요

도깨비라는 말이

독각獨覺에서
시작되었다고도 합니다.

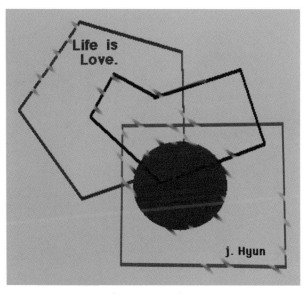

한 때 Mac 작업하다

한숨

하루살이는
하루로 살고

월급쟁이는
한 달로 살고

농사꾼은
일 년으로 살고

매미는
7년으로 살고

우리는
들숨 날숨으로 100년을 살며

지금 여기
순간으로 영겁을 깨우친다

생명生命은
편안하게 두는 것으로
족足하다.

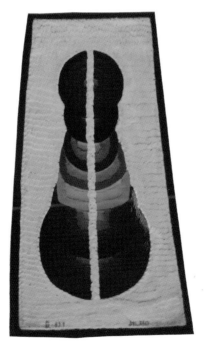

14cm×28cm 가죽에 아크릴 1989. 9

몸과 맘

몸
그리고 맘

이것이
무엇인가?

내가

하늘을
대신해 쓰고 갈 물건이다.

나에게

하늘이
내린 이번 생生의 선물이다.

형상을 흙으로 빚어서
　─흙(地)과 물(水)로─

입김을 불어 넣었다 한다.
　─불(火)과 바람(風)으로─

40cm×52cm 가죽에 아크릴

절

절에서
절 많이 하는 것은

큰 가르침
전하신 스승에 대한 공경이고

내 안의 부처
일어나라고 깨우는 것이라네.

오만의 덫에 걸려

나
잘 났다고

나
잘 났다고 외치는

이 마음
달래고 달래며

하심下心
방하심放下心 하면서...

    ·   ·   ·   ·

내 안에
잠자고 있는 붓다를 깨우는 것이라네.

순간 자기를 놓치기 때문이다.

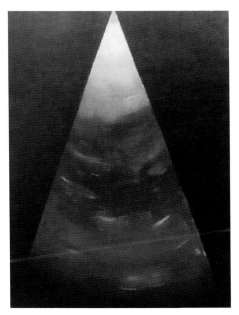

72.5cm×90cm 캔버스에 아크릴

사는 게 힘들어?

이 몸
가지고 사는데

내 몸이
내 맘대로 안 되니

사는 게 힘들 수밖에.

이 맘
가지고 사는데

내 맘이
내 맘대로 안 되니

사는 게 힘들 수밖에.

그래도

이 몸과
이 맘으로

이 세상
헤쳐 나가야 하니

따독거리며
살며 사랑하며 깨우쳐 나가야지.

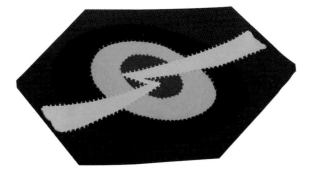

62cm×34cm 가죽에 아크릴

알음알이

오글오글
들끓는 알음알이로

세상
들끓어

오글거리며
들리는 소리소리들 속에서

일일이
함께 오글거릴 일 많지 않네.

일일이
오글거리며 대꾸하기 쉽지 않네.

오글
거리는 소리 속

한두 알
숨겨진 진주

모래 속
바늘 찾기일세.

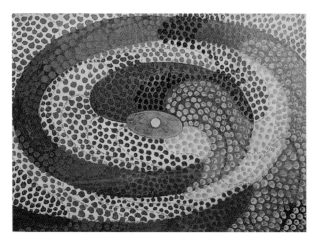

55cm×40cm 가죽에 아크릴

화려한 외출

님과의 만남은
화려한 외출입니다

설레임이
기다림 손잡는

외출을
오늘도 꿈꿔 봅니다

가까운
손길에 기쁨 가득하고

안으로
갈수록 화려해지는

님은
빛이십니다

화사한
님을 만나러 지금 나섭니다

73cm×91cm 캔버스에 아크릴

깨어있기

몸
fade-out

생각도
텅~ fade-out

맑고
밝고 투명한 공활空活한

시공時空이
하나 된 원초적인 자리에

그냥
그대로… 있기

마음은
공시적空時的이네.

어느 시간時間에도
어느 공간空間에도

걸림이 없네.

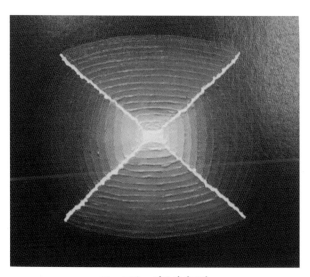

34cm×26cm 가죽에 아크릴

잠시 깜빡하는데

점심
먹고

잠시
깜빡하는 순간

돌아가신
어머니께서

오른쪽
벽을 뚫고

내 앞을 확 지나

왼쪽
벽으로 사라지다.

평소에도
늘 욕심이 좀 과한 편이셨다

혹시나 며칠 후
당신 제삿날을 잊지나 않을까

걱정돼
챙기시는 듯하다.

공연히
왔다갔다 하지 마시고

공부
인연 찾아

다음 생엔
보살도를 이루시라고

나무라듯
일깨워 드리다.

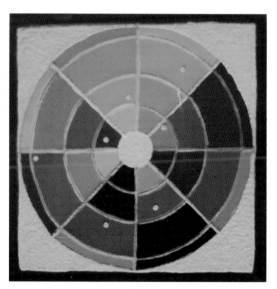

22cm×22cm 가죽에 아크릴 1989. 8

무상 無常

잠시도
쉬임 없이 변하는 속에서…
무상無常

뭣 하나
이것이라 고집할 게 없네

그러니
이게 나라고 우길 수도 없네…
무아無我

이 이치를
쓰다 뱉으면 일체가 고뇌…
일체개고一切皆苦

이 이치를
달다 삼키면 일체가 환희…
열반적정涅槃寂靜

무상無常이란
귀신에 휘둘리지 않으면
도인道人

변함없는
진리眞理는

모든 것은
변하고 있다는
역설逆說이다.

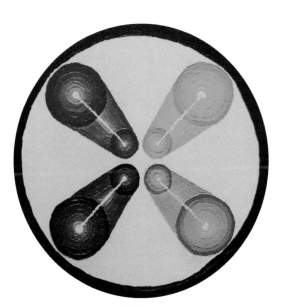

30cm 원형 가죽에 아크릴

물과 불

불교는

물의 종교로
부드럽고 순하게 일깨우나

자칫
물에 쓸려갈 수도 있겠고

기독교는

불의 종교로
열정적으로 뜨겁게 일깨우나

자칫
불에 타버릴 수도 있겠네.

늘~

바른 가르침을
바르게 깨우치며 공부해야겠네.

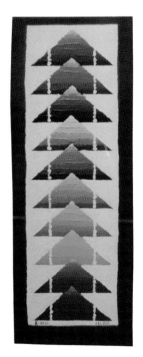

18cm×46cm 가죽에 아크릴 1989. 10

하나로 어우러져

눈에 보이는 현상계
보이지 않는 차원계

하나로 어우러져
세상이 굴러가고 있습니다.

먹고 마시는 음식
코로 마시는 공기

하나로 어우러져
생명이 굴러가고 있습니다.

눈에 보이는 몸
보이지 않는 얼

하나로 어우러져
마음이 굴러가고 있습니다.

눈에 보이는 거시세계
보이지 않는 미시세계

하나로 어우러져
우주가 굴러가고 있습니다.

동전의 한쪽 면
그리고 다른 면

하나로 어우러져
또르르 굴러가고 있습니다.

하느님 부처님
한울림 하나님

하나로 어우러져
참나가 굴러가고 있습니다.
· · · · · ·

너와 내가
우리 되어

하나로 어우러져
세세생생 굴러가고 있습니다.

한 울림의
몫을
남길 때
더
원만하다.

25cm 원형　가죽에 아크릴　1990. 4

메시지

새벽
교감이 시작된다

맑고 밝고
투명한 찰나의 메시지

잔 머리
굴리지 못하는 시간…

새벽
교감이 시작된다

저 깊은
영성이 올려주는 메시지

모든
먼지가 가라앉은 시간…

새벽
교감이 시작된다

아름다운
운율이 춤추며 노래하는 메시지

영혼의
울림으로 전해지는 시간…

새벽
투명한 시간

찰나가 전해주는 메시지.

슬며시 전해지는 메시지가 깔린다.

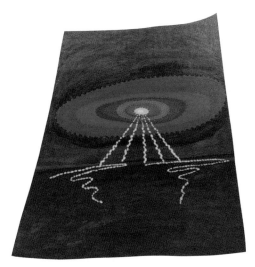

54cm×43cm 가죽에 아크릴

이 불꽃 감당할 수 없어

뜨거운
이 불꽃 감당할 수 없어

이른 새벽
떠오르는 글들을 쏟아 붓습니다

뜨거운
이 불꽃 감당할 수 없어

영성의 갈증을
허공에 마구마구 뿌려봅니다

뜨거운
이 불꽃 감당할 수 없어

우주 저 멀리
빛나는 시선을 쏘아 올립니다

뜨거운
이 불꽃 감당할 수 없어

찰나 안에서
명징하게 씻어봅니다

맑고
밝고 투명한 가운데

확연히
깨어서 알아차립니다.

영적 소명을…

73cm×91cm 캔버스에 아크릴

저 별빛 너머에서는

저 별빛 너머에서는
이 몸을 나라고 생각하는 우리가 얼마나 어리석어 보일까

저 별빛 너머에서는
우리들의 마음 씀씀이를 어떻게 받아들이고 있을까

저 별빛 너머에서는
이 실낱같은 호흡에 생명이 걸려 있는 우리들이 얼마나 어설퍼 보일까

저 별빛 너머에서는
이 지구별에서 일어나는 일들을 얼마나 신기하고 대견해 할까

저 별빛 너머에서는
누군가 우리를 내려다보며 함께하길 기다리고 있을까

저 별빛 너머에서는
우리와 다른 신비한 일들이 정말 많이 일어나고 있을까

44cm 원형 가죽에 아크릴

마음결

마음의 흐름이
나름 파인 골을 따라 흐른다.

동서남북
골이 얽히고 설켜

결을
가늠하기 쉽지 않다.

나의
마음결은

어디로
흐르고 있는가?

심상心想은 만상萬想이나
여래如來는 여일如一하네.

73cm×60.5cm 캔버스에 아크릴

치는 주먹 막는 손

고려가방 시절
전국을 누비며 Car-Sale을 한동안 했다.

원주를
다녀오는 날

수학여행
학생들을 태우고 오는 관광버스가

S-커브 내리막
언덕길을 달려 중앙차선을 넘으며

올라가는
우리 차 옆구리를 훑고 지나가다

달려
내려오는 버스를 보는 순간

나를 향해
내지르는 주먹이 코앞에 왔을 때

오른쪽에서
손바닥이 쓱 나오며

이
주먹을 막아 주었다.

우리 차의 옆구리가
거의 1/3 정도 부서졌는데

나나
운전자는 하나도 다치지 않았다.

내지르는
주먹과 막는 손.

그날
나를 데려가려 했던 검은 기운을

아직은
살려 두려 한 밝은 기운이 이겨

막아
주었다고 믿고 있다.

현상계와
차원계는 맞물려

하나로
돌아가고 있다고 읽힌다.

호시탐탐

나를
그르치게 하려는 기운과
잘 되게 하려는 기운의 다툼에서

평소

내가 마음을
어떻게 쓰느냐에 따라 달라질 것이다.

그날은 다행히
나를 보호하는 기운이 승리했지만.

28cm 원형 가죽에 아크릴 1991. 10

한 울림

하나로 울리다
한 통으로 울리다

네 소리가
하나로 울린다

네 소리가
한 통으로 울린다

우리
모두의 소리가

한 통에서
한 소리 되어

하나로
울리는 도리가 있습니다.

23cm 원형 가죽에 아크릴

내 안의 나

내 안의
나를 들여다 보니

세상이
모두 나의 거울이라 하네.

내 안의
나는 다른가 보니

세상이
모두 나의 나툼이라 하네.

내 안의
나에게 물어 보니

세상이
모두 하나라 하네.

가장
위대한 스승은
자기 안에 있다.

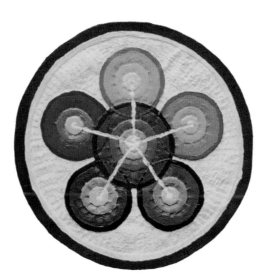

21cm 원형 가죽에 아크릴

우리

에고를
가장한 참나였습니다

손님을
가장한 주인이었습니다

방랑자를
내세운 관찰자였습니다

가시밭길을
걸어 원융무애를 터득합니다

투쟁성취로
원만성취를 배웁니다

개성만발한
꽃밭으로 우리 모두 하나 됩니다

38cm×45.5cm 캔버스에 아크릴

참나 안에

참나 안에
등 하나 밝히고 간다

참나 안에
맘 하나 맑히고 산다

참나 안에
오롯이 깨어서 있다

참나 안에
우주가 담겨서 간다

참나 안에
이 순간 겁으로 산다

참나 안에
모두가 하나로 있다
· · · · ·

참나 안에
여기서 현존으로 의연하다.

우주宇宙

중심中心이
따로 없다.

앉은 그 자리가
바로
중심中心

75cm×75cm 캔버스에 아크릴

연꽃처럼

연꽃처럼
앉으셨군요

가부좌 틀고

연꽃처럼
앉으셨군요

척추 바로하고

연꽃처럼
앉으셨군요

상 중 하 단전丹田 열고

연꽃처럼
앉으셨군요

대자대비 광명光明 속에

연꽃처럼
앉으셨군요

중생구제 원력願力 속에

연꽃처럼
앉으셨군요

불보살님 후광後光 속에

연꽃처럼
앉으셨군요

불국토 열린 자리.
삼보가 깃든 자리.

밝고(明)
바르고(正)
착한(善)
기운만

100% 순도로
나투면

부처.

60cm×54cm 가죽에 아크릴

인가 그리고 점안

- 어제(961101) 화두 깨치고 -

꿈.
어린 소년 모습 성철스님 뵙다.

나는
편안하고 평범한 기술로
재주넘기를 끝냈는데

스님께서는
아주 난이도가 높은
어렵고 힘든 기술을 보이시다
펄펄 끓는 용암을 스치기도 하시고
온몸을 천으로 감고
용암 속을 들고 나기도 하시며
재주넘기를 끝내시다.

잘했다는
목소리 들리고

스님과
나는 어느 절에 들어서는데

스님께서
대표로 문 앞 돌바닥에 사인하시며
깨다.

점안.
새벽잠에서 일어나기 바로 전.

미간이
거울처럼 맑아지며

동전 크기의
동그라미 테가 또렷이 뜨다.

그 뒤
나무가 눈으로 보듯
선명하게 비추이고 모두 사라지다.

나무 석가모니불

눈뜨게 하시고
인가해 주시고
점안까지 끝내 주셨습니다.

통나무를
손에 쥐어 주셨으니

통기타를 만들어

많은 사람들의
심금을 울리도록 하겠습니다.

나무 관세음보살 마하살.

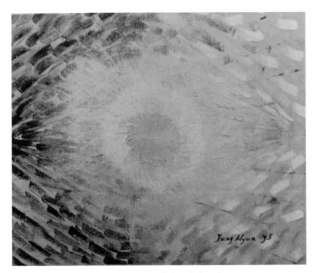

53cm×45.5cm 캔버스에 아크릴

화장

티베트에선
새 먹이로 내주고

인도
강가에선 태우고 뿌리지

땅에 묻고 치장하여
꼬리를 남기기도 하지만

쓸 만큼 쓰고 나면
무無로 돌림이 옳다.

가는 곳마다
살던 집에 문패를 다는 것

무망한 욕심.

어차피
폐차하면 버리고

새 차 타고
새로 시작하는 것인데

홀가분하고
여여하게 들고 남이 자연스럽다.

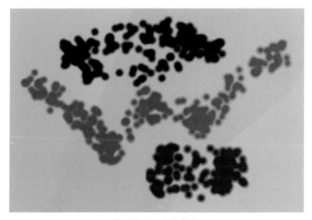

한 때 Mac 작업하다

제길 갈 줄 알았지요

돈과
명예에 매달리고 끌려 다녀도

당신은
초연히 제길 갈 줄 알았지요.

하늘이
노오랗게 화를 내고 용을 써도

당신은
모른 척하고 제길 갈 줄 알았지요.

땅이
꺼지게 으름장을 놓고 공갈을 쳐도

당신은
흔들림 없이 제길 갈 줄 알았지요.

식구들이
모두 어리둥절 갈팡질팡하여도

당신은
의연히 제길 갈 줄 알았지요.

하늘이
흔들리고 땅이 갈라져도

당신은
이미 알고 제길 갈 줄 알았지요.

님의
침묵이 무엇을 가르치심인지

당신은
준비하고 제길 갈 줄 알았지요.

확인하고
두드리며 익어가는 세월 속

당신은
벌써 익혀 제길 갈 줄 알았지요.

"뜻을 정定한다."

근본 자리에 머문다는 것이네.

72.5cm×60cm 캔버스에 아크릴

실상

그 어떤 색깔도 아니어서
붉을 수도, 푸를 수도, 흴 수도 있고

그 어떤 모양도 아니어서
둥글 수도, 각질 수도 있고

그 어떤 물체도 아니어서
물도, 불도, 사람도 되며

그 어떤 크기도 아니어서
먼지도, 백두산도 되며

그 어떤 성性도 아니어서
남성도, 여성도, 중성도, 양성도 되며

그 어떤 시간에도 걸림이 없어
과거 현재 미래도 되고, 순간 영원도 되며

그 어떤 공간에도 걸림이 없어
우주 어디에도 두루 하는…

가라앉으면
확연히
드러난다.

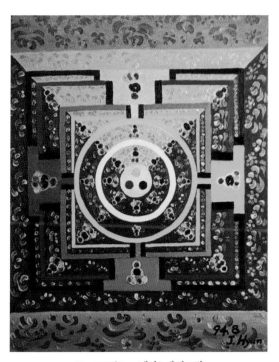

91cm×116.5cm 캔버스에 아크릴

마음공부

세상이치를

우리가
평범하게 헤아려 다 깨칠 수 있다면

더 이상
무슨 공부가 필요하겠는가

눈에
보이지 않는 세상이

눈에
보이는 세계와

하나 되어 움직인다면

한 번
공부해 보아야 하지 않겠는가

무시무종無始無終

본무자성本無自性
무유정법無有定法
유무상생有無相生
일음일양一陰一陽
색즉시공色卽是空
생사일여生死一如

청정법신淸靜法身

눈 밝은
선지식善知識들께서 알려주시네

왜
시작이 있고
끝이 있어야만 하고
만든 자가 있고
만들어진 자가 있어야만
하는가?

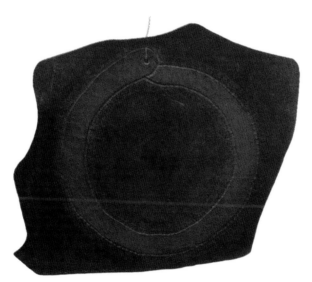

33cm×28cm 가죽에 아크릴

3명命줄

나에게는
3개의 생명生命줄이 있다.

〈천부경天符經〉

천天氣
지地氣
인人氣

사람이 사람이게
하늘 땅이 함께한다.

〈삼법인三法印〉

무상無常	몸
무아無我	맘
열반적정涅槃寂定	얼.

항상 변화하니   내가
나라 할 것 없네   쓰는 세 물건.
고요한 환희에 들다.

용서
감사
사랑.

그
끝이 없네.

116cm×91cm 캔버스에 아크릴

인본 후천시대

넉넉하면 넉넉한 대로
부족하면 부족한 대로

그냥 놔두어도

저절로
맞춰지곤 했지요.

받들면
맞춰지곤 했습니다.

하늘 땅이
사람을 기르던 시절

선천시대 이야기입니다.

이제는
인본 후천시대

사람이

하늘 땅을
바르게 받들며 바르게 가야 하는 시대.

스승에게
길들여진 자
되어서는 안 될 것이다.

130cm×97cm 캔버스에 아크릴

천부경 이야기

무시無始

하늘 땅 사람
세 기운으로 나뉘었네.

하늘
생명 씨 내리고

땅
생명 받아 기르고

사람
생명 생명 되게 하네.

하늘이
하늘 되고

땅이
땅 되고

사람이
사람 되게 하는 일

사람의 일이라 하네.

바른
마음으로

나 잘났다 하지 말며

하늘 땅을
받들며 해야 하는 일이라 하네.

一二三四五六七八九運

무종無終

92cm×75cm 캔버스에 아크릴

사리

연꽃
위 이슬
떨어지며 깨지는

명징한 소리… 옴

삶
속에서
붉게 뜨겁게 달군

한 조각 마음… 心

생
노병사
고집멸도

맑고 투명한 결정… 玉

41cm×32cm 캔버스에 아크릴

묻다

바라문이
부처님께 묻다.

당신은
인간입니까? 신입니까?

나는
인간도 아니고 신도 아니다.

너희들이
잠들어 있을 때

나는
깨어 있을 뿐이다.

항상
깨어 있으라 하다.

마음이
확장되어
우주와
하나 되면

부처.

58cm×60cm 가죽에 아크릴

Soul Free System

영성을
맑히고

영혼을
자유롭게 하는…

맑고 밝고 투명한

참나가
생명을 길러내는 원리

투명 백색 금빛이

명징하게 정화하고
삿된 기운 fade-out 하고
생명의 기운을 돋우는

맑고
투명한 영적 시스템(System)

이 기운이
영성을 맑히고
영혼을 자유롭게 한다.

사진

부록을 달다

• 졸업 60주년을 기리며

• 한 가족사 (실화)
- 한 영혼의 회한 그리고 진화
- 진화(시)

졸업 60주년을 기리며

太空 현 정

영겁에 잠겨 있는
이 우주의 긴 시간 속에서

찰나에
즉卽하는

우리의 만남은
우연이라 할 수 없습니다.

백두대간의
골격이 뻗어내리는

이 서울
이름 높은 화동 언덕에 터를 잡은

빛나는
역사 오랜 우리 경기고등학교

58회
졸업생 오팔 벗님들!

졸업 후
60년 발자취를 짚어봅니다.

        *   *   *

까까머리에
다이아몬드 명찰 가슴에 달고

화동 언덕을
뛰며 오르내린 게 엊그젠데

벌써
60년 세월이 흘렀네.

친구로 만나
따뜻한 마음으로 정 나누며

우정 어린
세월을 지낸 게 엊그젠데

벌써
60년 세월이 흘렀네.

이 조그만
대한민국에서 태어나 겪은

그 험하고
변화무쌍한 삶이 엊그젠데

벌써
60년 세월이 흘렀네.

이 작은
지구라는 푸른 행성에서 만나

경이로운

우주여행을 함께한 게 엊그젠데

벌써
60년 세월이 흘렀네.

　　　*　　*　　*

부모형제 살갑고
예쁜 마나님 모시고
토끼 같은 새끼들 알콩달콩 키우며

누구보다
수준 높은 고난도 꿈을 그리고

내로라하는
자부심으로 세상을 휘젓고 다니며

할 일은
이것뿐이냐고

이 나라
대한민국을 세계에 우뚝 세웠네.

이름 석 자
뒤에 남기기에 부끄럼 없이

기염을
토하며 달리던 맹수들이

이제는
이빨 빠진 호랑이들이 되어

한편
회한도 뒤에 많이 남는구나.

*   *   *

우리 세대는
법률 공학적 시선의 높이로
세상을 보아 오면서

다음 세대는
문화 인문적 시선의 높이로
세상을 더 높고 넓게 보도록 up-grade 시켰네.

그들 나름의
기준과 책무가 뚜렷해서

쉽게 목숨을
끊기도 하는 예민함을 보게 된다네.

우리들
시선도 한 차원 높아져야

다음
세대와 말이 통하고

한 번 더
사회에 보탬이 될 수도 있는

멋쟁이
노익장들이 될 듯 싶구나.

   * * *

어슬렁 어슬렁
이야기꽃 피우며
한가로이 둘레길을 거닐어도 보고

높고 낮은
산자락을 오르내리며
호연지기도 마음껏 키우고

함께
길고 짧은 여행을
즐기며 깊은 우정들을 나누었네.

"대마가 잡혔네."
"야~ 너 그렇게 둘래? 꼼수다. 꼼수."

"Good shot!"
"홀인원이다. 한 턱 쏴라."

〈경기 58 Daum 카페〉에서
〈Hello, "京畿 58 사랑방"〉에서

놀며 소식도 전하고 서로 옳다 그르다 우기기도 하며

아직
남은 힘마저 유유자적 풀어내어

우리들의
남은 시간은 여전히 건강하게 빛을 발하네.

　　　*　　*　　*

사랑하는
벗들을 앞서 보내며
애달픈 마음에 힘들어 하며

지난 세월의
아름다웠던 사랑과 우정이

더더욱
돋보이고 빛을 발하고 그리워지며

다음은
내 차례가 될 수도 있음을 알아차리네.

이제
마지막으로 이사 갈 때

사랑하는 사람들
귀한 돈, 자랑스러운 명예, Power

병과 고통까지도

놓고 갈 준비가 되어 가네.

손주 사랑이
아직은 애틋하나

그마저
점점 품에서 멀어져 가니

남는 건
함께 힘 빠져 가는 우리 벗들뿐이네.

      *   *   *

벗님들아~

역시

친구는
누가 뭐래도 우리 오팔이들일세.

우리

함께 하는
이 놀이터가 즐겁고 맘 편하고 좋구나.

우리

맑은 공기, 밝은 햇살,
투명한 영성으로 충전, 재충전하며

우리

천천히 호흡하며
함께 슬로우 슬로우 내려가세.

우리

슬기롭게
즐겁게 장수시대를 맞이하며

우리

남은 세월
건강하게 오래오래 함께 하자꾸나.

(2022년 10월 28일)

한 가족사(실화)

한 영혼의 회한, 그리고 진화

다복한 가족

- 부부는 금실이 좋은 편이었고, 3남 1녀로 세 아들에 막내딸을 두고 있었다.
- 첫째와 둘째는 연년생이었고, 셋째와 막내는 서너 살씩 터울이 있었다.
- 부친은 사업을 해서 먹고 사는 데 넉넉할 정도로 돈을 벌었고, 모친은 남편만을 바라보며 식구들을 챙기며 살았다.
- 남들과 마찬가지로 6.25사변 등을 겪으며 피란살이도 하는 등, 고생을 겪었지만 밥을 굶거나 식구가 죽는 일은 없이 무난하게 고비고비를 넘기고 서울에서 안착할 수 있었다.
- 첫째아들이 최고 명문이었던 K중학을, 둘째아들이 사립의 명문인 B중학을, 셋째아들이 공립의 명문인 S중학을 들어가고 막내딸이 사립의 명문인 J중학에 입학하는 등, 자녀들이 다들 공부를 잘해서 자랑거리였다.
- 셋째아들이 S중학에 입학한 날 부친은 못 마시는 술을 한 잔 마시고 얌전한 양반이 대문을 박차고 들어오며 "우리 아들들 최고다" 하는 기염을 토했다.
- 이때가 이 집안 최고의 전성기였다고 보인다.
- 그 후 부친이 하던 사업장에 불이 나는 등 신용으로 사업을 꾸려나가다 빚에 치이며 사업이 감당하기 어려울 정도로 아주 힘들어진다.

둘째의 일탈

- 첫째는 어려서부터 공부를 잘해 늘 1등으로 우등상은 따논 당상이었고 반장을 늘 하였다.
- 동생들을 잘 보살피며 집안일도 말없이 챙겨 부모는 맏이를 잘 두었다고 늘 자랑

스러워하였다.
- 둘째가 고등학교에 입학하고 학교에 가지 않기 시작하면서 이 집안에 먹구름이 끼기 시작하였다.
- '아인슈타인이 상대성원리를 발견했다면 나도 할 수 있다.' '에디슨이 전기를 발명했다면 나도 할 수 있다'는 등 고집을 부리며 학교를 가지 않고 제 방에 틀어박혀 있기 시작하였다.
- 부모 입장에서는 먹고 살기 힘든 시절에 남들처럼 밥을 굶기는 것도 아니고, 부부 싸움으로 험한 꼴 한 번 보인 일도 없이 키우고, 다행히 공부를 잘해 남들 부러워하는 좋은 학교에 들어갔는데 갑작스러운 둘째아들의 이 일탈을 이해할 수 없었다.
- 첫째아들이 같은 또래로 어느 정도 이해를 하면서 둘째와 부모 사이에서 다리역할을 하며 한동안을 지냈으나 시간이 가면서 둘째의 일탈은 점점 심해져 갔고 폭력만 없지 심성이 점점 황폐해져 갔다.
- 결국은 이삼 년에 한 번 꼴로 청량리 정신병원을 들락거리게 되고 평생을 생산성 제로인 삶을 살다 가다.
- 다행히 두 딸과 아들 자녀들이 잘 커서 말년에 아버지를 모셔 제 명을 다하고 가다.

셋째의 일탈
- 좋은 중학에 들어가고 대학까지 멀쩡하게 나온 후 산동네 또래들과 어울리더니 술에 쩔기 시작하다.
- 부친 사업이 힘들어진다고 사업장에 나가서는 사업상 먹는 술이라는 핑계로 술병이 생기고 복수가 차고 입원해서 복수를 빼내면 다시 술 먹기를 반복하다.
- 중학교에 다니는 아들이 어느 날 학교에서 돌아와 보니 의자에 앉아 배가 불룩하니 죽은 부친을 보게 되었고 장례 치러 어느 절 뒷산에 뿌리다.

막내의 황당
- 어려서부터 3남1녀의 막내로 태어나 귀염은 혼자 다 차지하며 자라다.

- 몸은 좀 약한 편이었지만 중고등학교 잘 다니고 대학도 무난히 마친 후부터 서서히 눈과 귀가 어두워지기 시작하다.
- 당시 유명했던 공안과 등 미8군 군의관에게까지 검사를 받아보았지만 원인은 밝힐 수 없었고, 더 나빠지기 전에 점자를 배워두라는 미군 의사의 권유로 실명하기 전에 점자를 배워둔 게 행운이라 하겠다.
- 그 후 다니던 교회에서 엉뚱한 남자를 만나 임신을 하게 되고 어정쩡하게 결혼도 하다. 남자의 폭력을 못 이겨 위자료를 주어가며 이혼을 시키다.
- 빙의로 고생을 하다가 맏이가 주선한 스님의 도움으로 벗어나고 남은 여생을 아들과 함께 보내다.

첫째의 헌신

- 평생 '나까지 무너지면 식구들이 길에 나앉을지 모른다.' '나 아니면 안 된다'는 심리적 강박에 자신도 모르게 시달리다.
- 이 집안에서 끝까지 본분을 잃지 않고 집안을 일으키고 부모형제를 지켜낸 맏이의 역할이 크다.
- 어려서는 몸이 약한 편이었으나 중학교에 다니면서 건강해지고 동생들 챙기면서도 공부를 좋아해 1등과 반장을 놓친 적이 없을 정도로 총명하고 바른 학생이었다.
- 중고등학교 때는 등산 등으로 친구들과 유쾌한 시간도 즐겼으며 대학 때는 유아원에서 어린애들과 지내는 등 활발하게 움직이다.
- 둘째가 학교를 안 가면서 집안 분위기가 나빠지기 전까지는 매우 명랑한 편으로 주위에서 칭찬을 독차지하며 자라다.
- 동생들이 삐뚤어지면서 부모와 동생들 사이를 중재하더니 성격이 무거워지며 진지한 모습 일변도로 바뀐 듯하다.
- 미국 유학을 꿈꾸고 대학 중간에 군대 다녀오는 등 유학시험도 통과하며 준비를 거의 마쳤으나 제대를 앞두고 부친 사업장의 화재로 유학의 꿈을 접다.
- 군생활도 한국군에서는 500원을 달라는 걸 주지 않아 공병대에서 삽 들고 땅을 파는 등의 고생을 사서 하였으나 후반에는 카투사로 미군과 생활을 하며 사령관 표

창, 특진 등 빛을 발하다.

- 대학 졸업 후 공무원생활을 하며 초기에는 제 분야를 못 찾고 고생을 하였으나 점차 벗어나 제 분야에서 WHO 기금으로 네덜란드의 Delft공대에서 위생공학 분야의 MBA를 밟고 일본 등을 오가며 대통령 표창을 받는 등 잘 나가는 공무원이었다.
- 부친께서 사업을 오래 하였지만 화재 등으로 인한 빚이 점점 늘어 식구들이 길가에 나앉는 것을 볼 수는 없다고 생각해 앞길이 유망했던 공무원생활을 포기하고 사표를 내다.
- 새벽부터 저녁 늦게까지 일요일도 없이 20여 년 노력하는 가운 데 도저히 가릴 수 없다고 생각했던 빚을 갚아나가게 되었다.
- 차츰 여유가 생기고 부모 형제 본인 집들도 한 칸씩 마련하게 되면서 돈통 옆에서 돈이나 지키는 생활이 점점 싫어졌다.
- 국가 경제도 경공업에서 중공업으로 변화가 생겨 10년 앞이 비관적으로 보였고 중국으로의 공장이전도 쉽지 않아 보였다.
- D-Day를 정해 사업을 정리하고 심리상담실을 열어 청소년 위주로 상담을 하다.
- 제도권 안에서 다루어지는 심리상담에 한계를 느끼고 동생들같이 영적인 상처를 입은 아이들을 위한 〈Soul Free System〉을 개발해 개인의 능력이 아닌 과학적이고 합리적인 방법으로 영적 치유를 할 수 있는 시스템을 개발하고자 결심을 하다.
- 이번 생의 태어난 이유가 부모 형제들을 돌보는 것으로 처음엔 생각하였으나 영적 상처를 받고 헤어나지 못하거나 자살충동이나 우울증 등으로 고통 받는 아이들의 치유 치료를 스님 무당 등 개인의 능력이 아닌 시스템적으로 치유, 치료하는 방법을 찾아내는 것이 이번 생의 소명이라 생각하고 그 방법으로 〈Soul Free System〉을 완성 널리 전하기로 결심하다.

장례식 날 입원

- 7년을 암으로 고생하시던 부친께서 돌아가시어 삼우제를 지내고 선산으로 모시던 그날 정신병으로 그 병원에 입원하는 막내 여동생을 보며 첫째는 정말로 화가 나다.

"어떤 놈─눈에 보이지 않는─이 우리 집안을 이렇게 망가뜨려 놓는지 내 반드시 알아내고 용서하지 않겠다."

첫째의 분노와 결심

- 잘 나가던 공무원생활을 그만두고 부모 형제들을 위해 20여 년을 고생하면서도 불평이나 화 한 번 내지 않고 지냈으나 7년을 암으로 고생하던 부친을 장례 지내려 선산에 모시던 날 막내 여동생을 정신병으로 입원시키는 날 "어떤 놈이 우리 집안을 이렇게 쑥밭으로 만드는지 그냥 두지 않겠다"고 결심하다.

빙의를 풀다

- 입원한 막내 여동생을 보면서 단순한 심리상담으로 치유될 수 있는 게 아님을 알 수 있었다. 동생의 안에 또 하나의 다른 존재가 동생을 좌지우지함을 느낄 수 있었다.
- 동생이 나가는 교회의 목사님께 부탁을 드려 보았으나 별 효과가 없어 잘 아는 분의 소개로 스님께 부탁 전화를 드리니 전화를 받는 즉시 스님 왈, "동생 분의 안에 뭐 하나 들어앉았네요" 해서 놀라다.
- 멀리 평택에 있는 절에 집사람과 3일을 오가며 기도 정진하고 동생은 빙의에서 풀리고 그 후 재발하지 않고 잘 지내다.
- 3일 기도 중 첫날은 '고양이 우는 소리', 둘쨋날은 ' 여치 우는 소리', 마지막 3일째에는 '종달이가 하늘 높이 오르며 지지배배 노래하는 소리' 듣다. 동생의 몸에 빙의하였던 영혼이 제도되는 과정을 귀로 듣고 확인하는 과정이었다.
- 함께 기도 참석했던 집사람은 못 듣고 본인만 들은 것을 신기해 하니 스님 왈, "거사님께서 천이통─하늘 소리를 듣는 신통력─이 열렸던 것입니다" 하다.

퇴마사의 풀이

- 동생이 빙의에서 풀려 정상으로 돌아오기는 했지만 '우리 집안을 이렇게 망가뜨린 존재는 어떤 놈인지 밝혀내겠다' 는 결심에는 변함이 없었다.
- 이 문제를 풀기 위해 눈 밝은 퇴마사를 수소문 끝에 만나다. 퇴마사의 기도처에서

부모님 사진을 불전에 놓고 그의 기도정진에 동참하다.

- 한 시간 남짓 기도 후 그가 한 이야기는, "한 4백여 년 전에도 부모님께선 부부였다. 양반집에서는 곧잘 첩을 들이고 했는데 이 집 양반도 어느 날 소실을 들였다. 안방마님의 성정이 강하고 질투가 극에 달해 바깥양반이 출타한 후 마님은 머슴들을 시켜 멍석말이를 했고 소실은 그 일로 죽었다. 그 원한을 풀려고 이번 생에 어머님의 여동생으로 태어났다가 먼저 죽었다. 그 후 한을 품고 우리 집안을 기웃거렸으나 어머니는 여전히 성정이 강해 직접 건드리질 못했고 장남 또한 쉽게 넘어갈 사람이 아니라 동생들을 차례로 망가지게 했다. 다행히 장남이 하늘 길을 열어줘 저승으로 잘 갔으니 어하튼 좋은 일 하셨습니다"며 그간의 사연을 풀어 설명해 주다.
- 맏이가 "어머니는 동생이 없는데요" 하니, 퇴마사는 "아니 있습니다" 하며 한 마디로 잘라 말했다. "아 그렇습니까?" 하고 끝내다.
- 나와서 멀리 계신 큰 이모에게 전화를 걸어 물어보다.

  "이모~, 나한테 막내 이모가 있어요?"

  "있지."

  "그런데 내가 왜 몰라요?"

  "그년은 일찍 죽었으니 모르지."

  "그런데 왜 아무도 이야기해 주지 않았어요?"

  "평양으로 시집가서 못된 신랑 녀석이 애밴 배를 걸어차서 애와 함께 죽었지. 무슨 좋은 일이라고 이야기하겠니?"

아~ 그렇구나

- 몸은 죽어 없어지나 그 안에 있던 영혼은 살아생전의 한을 그대로 안고 가서 호시탐탐 풀 기회를 엿보다 적당한 인연을 만나면 맺힌 한을 풀려고 하는구나.

죽어도 영혼에 그대로 실려 가네

- 선악을 떠나 업(業)은 장식―잠재의식―에 잠겨 있다가 현생에서 연(緣)―기회―을 만나 완전연소가 된다는 것을 알 수 있었다.

우리는 마음공부를 해야 하고 순하게 이생을 마무리하고 떠나야 한다고 믿게 되다. 〈Soul Free System〉을 완성해서 널리 전해 상처받은 영혼 특히 청소년들을 영적으로 풀어주려는 결심을 하다.

진화(시)

삼일간
정성을 드렸습니다

첫날
고양이가 살광스레 울었습니다

둘쨋날
어치가 부드러이 풀소리를 냈습니다

셋쨋날
종달새가 지지배배 하늘 높이 날아 올랐습니다

정성의 모음이 이와 같습니다

며칠 후
다시 지지배배… 감사의 마음 전해 왔습니다

하나의 망으로 얽힌
인연고리 아름답고 엄정합니다

마음 한 조각을 찾다 II

지은이 / 현　정
발행인 / 김영란
발행처 / **한누리미디어**
디자인 / 지선숙

•

08303, 서울시 구로구 구로중앙로18길 40, 2층(구로동)
전화 / (02)379-4514, 379-4519
Fax / (02)379-4516
E-mail/hannury2003@hanmail.net

•

신고번호 / 제 25100-2016-000025호
신고연월일 / 2016. 4. 11
등록일 / 1993. 11. 4

•

초판발행일 / 2022년 10월 28일

•

•

값 25,000원

ISBN 978-89-7969-859-6　03810